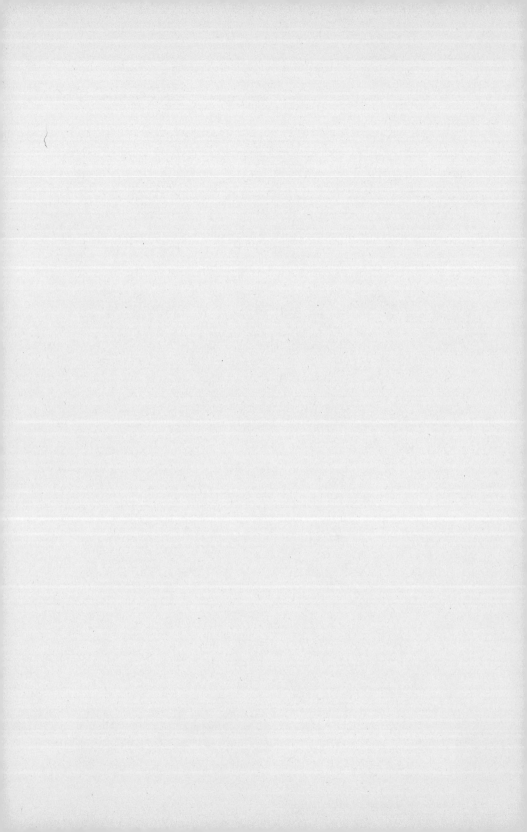

悲しみの谷

大塚 静正

創英社／三省堂書店

悲しみの谷　もくじ

第一章　過疎地帯

　ここは、山深い谷にできた村だった。冬は、雪が深く、夏でも涼しい。中央には、のぼり川が流れていた。のぼり川の幅は、約百メートルくらいだろうか。しかし、実際、水が流れているのは、まんなかの十メートルぐらいである。川原には、大小の岩石がごろごろところがっている。台風が来た時でも、川は氾濫したことはなく、川の土手の外側には、水田が広がっている。畑もある。そして、その外側に住宅があって、スーパーマーケットがあった。そのさらに外側は、山である。山からは、いい檜《ひのき》が採れた。林業は、村の主要産業であった。

のぼり川を挟んで両側の集落は、過疎地帯であった。病院もガソリンスタンドもなく、当然、本屋や映画館などあるわけがなかった。あるのは、ホームセンターが一軒だけであった。

緑濃い村、のぼり川村に木工芸製作所があった。黒本《くろもと》製作所である。黒本吉兵衛《くろもときちべえ》は、この製作所の社長であり、木工職人であった。のぼり川村には、山からいい檜が採れるということで工場を構えた。当然、檜以外の木材も使ってはいたが、それは麓の町から買い付けていた。

黒本吉兵衛は、家具のほかに、遊び心で木彫りの動物を作っていた。自宅の床の間《とこのま》には、ゴリラ、ピグミーマーモセット、ゴールデンライオンタマリン、テングザルの四体の霊長類《れいちょうるい》の木彫りが置かれていた。

霊長類の中で一番大きいのは、マウンテンゴリラであろうか、ニシローランドゴリラであろうか、それともヒガシローランドゴリラであろうか、とにかくゴリラである。ゴリラは、黒本吉兵衛が特に気に入っていた霊長類である。

のぼり川村では、よくニホンザルが出没した。

黒本吉兵衛には、二人の子どもがいた。長男を嘉人《よしと》、次男を次郎太《じろうた》と言った。

黒本吉兵衛は、言った。

「嘉人、嘉人、もっと勉強しなさいよ」

黒本嘉人は、小学二年生だった。

のぼり川村に、学校は一校しかなかった。小学生と中学生の全生徒が一つの校舎で一緒に勉強していた。

今日も、学校が終わると、嘉人は弟の次郎太と、友達の善則《よしのり》と薫子《かおるこ》と四人で森へ入って行った。森の坂道を登って行くとほこらがあった。

「雪《ゆき》、嘉人を見なかったか」

母親の黒本雪《くろもとゆき》に黒本吉兵衛が、聞いた。

黒本雪は、言った。

「ランドセルが置いてあるわ。おおかた次郎太を連れて森のほこらへでも遊びに行ったんじゃないの」

黒本吉兵衛が、言った。

「嘉人には、もっと勉強させないと。一年生の時の成績が悪かったから。さっき見かけたかと思ったのにもうどこかへ行ってしまってしょうがないな」

黒本雪は、言った。

「いいのよ。健康であればいいの」

森は静寂に包まれていた。

薫子は、言った。

「ねえ、嘉人。アニメ、ヒポポタマスの歌、歌ってよ」

黒本嘉人は、言った。

「やーだよ」

善則が、言った。

「俺が、歌ってやろうか」

薫子は、言った。

「うん、歌って！」

善則は、歌を歌った。

「強いぞ！　強いぞ！　ヒポポタマスは、世界一——行くぞ！　行くぞ！……」

薫子が、言った。

「あ、おもしろい」

善則が、言った。

「え？　おもしろい？　うまいじゃないのか」

黒本次郎太が、言った。

「ぼく、歌ってもいい？」

黒本嘉人が、言った。

「次郎太が歌いたいってさ。お前ら、聞いてやってくれ」

黒本次郎太は、歌った。

「強いぞ！　強いぞ！　ヒポポタマスは、世界一——行くぞ！　行くぞ！……」

善則が、言った。

「次郎太！　うまいじゃんか」

薫子は、拍手をした。そして、言った。

「次郎太くん、テレビ見てるんだ」

黒本次郎太は、言った。

「ん、見てるよ」

四人は、いろいろなアニメソングを歌いながら、山道を歩いて行った。

黒本嘉人が、言った。

「そこ、切り株がある。気をつけろ」

今度は、善則が、言った。

「そこ根っこが飛び出ているぜ。気をつけろよ」

四人は、黒本嘉人を先頭にどんどん歩いて行く。

三十分ぐらい歩くと、山のほこらにたどり着いた。

薫子が、言った。

「お参りしようよ。世界が平和でありますように……」

薫子は、柏手《かしわで》を打った。そして、嘉人も、次郎太も、善則も柏手を打った。

黒本嘉人は、言った。

「みんな、テレビ見ているよね」

薫子が、答えた。

「見たり見なかったりだわ」

善則が、言った。

「アニメーションなら見ているよ。マンモス号の戦いとか」

すると黒本次郎太が真っ青な顔をして、目は一点を見つめ、ブルブル震えているようだ。善則が気がつき、黒本次郎太の目線を追った。そこには、ニホンザルがいた。黒本次郎太と目が合っているようである。

善則が、言った。

「この、エテコウ！　このやろう！」

ニホンザルは、ガサガサッと茂みの中へ消えて行った。

黒本嘉人は、言った。

「ニホンザルだ。時々出るんだ」

薫子は、言った。

「危険だわ。襲われたら大変だわ」

善則は、言った。

「今日は、もう帰ろう」

黒本次郎太は、言った。

「ああ、びっくりした。ぼく、猿《さる》を見たの初めてなんだ」

四人は、もと来た一本道を薄暮《はくぼ》の中、家路についた。

子どもたちは、純真無垢《じゅんしんむく》に毎日はしゃぎ回っていた。黒本吉兵衛は、嘉人の成績が気になっているようだが、母、雪は、全然気にしていなかった。ただ野生の動物は危険だから気をつけないと、刺激を与えないようそっと逃げて来るのよ、と言って聞かせた。子どもたちもだんだんわかってきたらしく、森へ入って行っても、ほこらがある所までと決め、それより深くへは入って行かなかった。

この集落で、ニホンザルに噛《か》まれた子が出現したのだ。野生動物はやはりこわい。

床の間に飾ってある四体の霊長類の木彫りを見ながら、黒本吉兵衛は、涙ぐんでいた。若い頃を思い出していたのだ。

黒本吉兵衛は、つぶやいた。

「このテングザルが……」

黒本吉兵衛は子どもの頃、隣の市で行われた木工彫刻大会で、テングザルの彫刻を作って応募したことがあった。

でも、落選だった。

吉兵衛の父は、言った。

「世の中、むずかしいものなのだ。これを経験に努力するんだぞ。吉兵衛」

その数日後、父は、病いに倒れ亡くなった。

あの時、テングザルの彫刻が入選していれば、父を喜ばせることができたのに。残念だった。

父がいなくなり、自分が働かなくては。大学へ行く費用なんてあるわけはない。俺は、木工職人の道を選んだが、子どもたちは、大学へ行かせてやりたい。そう思った。

黒本吉兵衛は、涙をふいた。

第二章　動物園

若葉の美しい夏を迎えていた。黒本嘉人《くろもとよしと》は小学四年生、黒本次郎太《じろうた》は小学一年生になった。

友達の善則《よしのり》が、言った。

「俺、ゴールデンウィークに動物園へ行ってきたんだ」

黒本嘉人が、言った。

「どうだった？　動物園？」

善則は、言った。

「ライオンは、思ってたよりでっかくて、迫力があったよ。それで、爬虫類《はちゅうるい》のほうをおもに見てきたんだ。蛇《へび》は気持ち悪いし、こわくてびくびくしながら見てきたよ。蛇はたくさん種類があって、びっくりしちゃった。猿とか霊長類《れいちょうるい》のほうも見たかったけれど時間がなくて、結局、ライオンと、爬虫類の蛇、亀《かめ》、鰐《わに》、蜥蜴《とかげ》をおもに見てきた。蛇が生卵をまる飲みにするところなんておもしろかったよ」

薫子《かおるこ》が、言った。

「危なくなかったの？」

善則は、言った。

「大丈夫さ。ちゃんと頑丈で特殊なガラスがはめてあって、絶対出てこられないようになっているから。その中に蛇がいるんだよ。ライオンは、深くて幅もかなりある堀があって、その向こう側にいるんだ。

みんなも一度、動物園へ行ってみるといいよ」

黒本嘉人は、言った。

「じゃあ、善則くんは、ゴールデンウィークは最高だったね。ぼくは、霊長類が見たいね。この村、時々猿が出没して、農作物を荒らされたりするから、見てみたいんだ」

善則は、言った。

「霊長類も、種類多いよ。たぶんそれだけで一日終わりさ」

黒本嘉人は、言った。

「そう」

善則が、言った。

「ほれほれ授業が始まる。あまり話し込んじゃったら、まずいぞ」

黒本嘉人も、善則も、薫子も、黒本次郎太も、席に着いた。学校では、動物園のことが話題になっていた。

黒本嘉人と黒本次郎太は、動物園へ行ってみたくなった。父の吉兵衛《きちべえ》や母の雪《ゆき》に、その思いを伝えた。

黒本吉兵衛は、東緑《ひがしみどり》動物園へ遊びに行く計画を考えていた。仕事は忙しく、もうかっていた。その忙しい中でやっと予定を組んだ。三泊四日で東緑動物園へ家族旅行に行くことにした。

母、黒本雪、長男、黒本嘉人、次男、黒本次郎太の三人は、黒本吉兵衛からその計画を聞いて大喜びだった。

あの職人気質の黒本吉兵衛が、生《き》まじめで仕事一途《いちず》の黒本吉兵衛が、東緑動物園へ家族旅行で遊びに行くと言うのだ。製作所の従業員はみんな、びっくりしてしまった。もちろん、黒本製作所は休業とした。

黒本嘉人は、言った。

「ぼくは霊長類を見てみたいよ。福田さんとこじゃ、猿に農作物をみんな食べられちゃって、困ってるって聞いてるよ」

黒本雪は、言った。

「私も霊長類を見たいわ。田中さんは、ニホンザルに襲われて大怪我をしたって言うのよ。だから、猿についてもっと知りたいの」

黒本吉兵衛は、言った。

「それじゃあ、東緑動物園へ行ったら、霊長類をおもに見ようよ。二日間、霊長類を見るでどうだ。あちこち見るよりも、一種類を詳しく観察するほうがいいだろう。まずは、バスと電車で東緑市の動物園のそばのホテルへ行く、翌朝から東緑動物園の霊長類コーナーを見学、再び同じホテルへ泊まり、次の日も霊長類コーナーを見学、再び同じホテルへ泊まり、四日目、朝から帰ってきてのぼり川村へ戻ることにしよう。やはり、ここは過疎地帯で交通が不便なんだ。行くだけで一日、帰るだけで一日かかってしまう。でも、東緑動物園は大きい動物園だから、いいと思うよ」

黒本次郎太が、言った。

「ぼく、霊長類の絵葉書を買ってほしい」

黒本吉兵衛が、言った。

「いいよ。買ってあげるから、勉強もするんだぞ。嘉人、お前もだぞ」

黒本一家は、夏休みに入って計画どおり、東緑動物園へ行った。そして、霊長類のコーナーを見て回った。

ニホンザルの檻《おり》の前へ来た。

ニホンザル

黒本吉兵衛は、言った。

「雪、この猿だよ。よくのぼり川村で見かけるやつだ」

黒本雪は、言った。

「そうね。この猿よ。日本国内、北海道以外は、あちらこちらに生息しているのね。何でも食べるのよ」

黒本吉兵衛は、言った。

「ほかの種との特に顕著な違いは、短い尾にある、だってさ。農業被害の深刻化で個体数調整が加速している……。地球の生物の中で、人間は智恵があって生存できているんだ。私たちは、人間だから人間の生活が重要だよ。だからと言って他の生物を絶滅させてしまっては、いけないね。ほかの檻に行こう。お！　ゴリラがいるぞ」

真黒な毛に覆われた大きな猿がいた。

黒本吉兵衛は、言った。

「ニシローランドゴリラだ」

しばらく、ニシローランドゴリラの様子を見ていたが次へ移った。

どんどん歩いて行くと、黒本雪が、言った。

「ずいぶん小さい猿がいるわ。ピグミーマーモセットだって」

今度は、黒本嘉人が言った。

「きれいな猿がいるぞ。ゴールデンライオンタマリン、て言うんだ」

今度は、黒本次郎太が小さな声で叫んだ。

「テングザル。分布、ロルタンタン島」

黒本吉兵衛が、言った。

「次郎太、よく読めたな。えらいぞ」

みんなで霊長類を見て回った。

ホテルに帰ると黒本吉兵衛が、言った。

「どの猿が、おもしろかった？」

黒本嘉人は、答えた。

「ゴールデンライオンタマリンが、よかった」

黒本次郎太が、答えた。

「テングザル」

黒本吉兵衛が、言った。

「俺は、ニシローランドゴリラがよかったな」

黒本雪が、言った。

「私は、ピグミーマーモセットがおもしろかったわ。小さくて、かわいくて」

みんなで、楽しいひと時を過ごした。興奮してしまってホテルでは眠れなかったが、家へ帰るとぐっすり眠った。

黒本吉兵衛は、仕事の合い間を見て、木彫りの猿を作った。東緑動物園で買ってきた絵葉書を見ながら、ニシローランドゴリラ、ピグミーマーモセット、ゴールデンライオンタマリン、テングザルの四体を作った。そして、床《とこ》の間《ま》に飾った。

第三章

嘉人の高校入学

やがて、長男、黒本嘉人《くろもとよしと》の高校入学が決まった。のぼり川村には、高校はないので、麓の深緑《ふかみどり》高校へ行くことになった。自宅からは通えないので、学生寮に入ることにした。

学生寮には、食堂があり、朝食と夕食が出された。各部屋には、ベットと机が置かれていた。共同の風呂とトイレがあり、六十人が生活できた。三階建てで、一フロアに二十部屋ずつあった。そして、一階の飛び出した部分に、学生寮の管理室、調理室と食堂、男子用の風呂場、休憩室があった。女子用の風呂場は二階にあった。休憩室には、自動販売機、テーブルとイス、テレビが置かれていた。水道もあって、自由に水も飲めるようになっていた。

深緑高校の生徒のうちの七〇%が電車通学、二〇%が学生寮からの徒歩通学、一〇%がバス通学だった。

穏やかに、学校は始まった。深緑高校は一般的なレベルの高校で、嘉人の成績では入れないのではないかと思っていた父親の黒本吉兵衛《きちべえ》は、ほっとしていた。小学校の嘉人の成績はあまりよくなかったが、その後、上がっていたのである。友達の善則《よしのり》と薫子《かおるこ》とは、別の高校へ行くことになった。三人バラバラである。

弟の黒本次郎太《じろうた》は、非常に成績優秀であった。その次郎太と比べられるものだから、嘉人はできないできないと言われてはいたが、本当はそうではないのだ。特に弟次郎太の成績がよいだけなのである。

黒本嘉人は、新しい生活にすがすがしい気持ちでのぞんでいた。何もかも、新鮮で気持ちがよかったが、世の中のきびしさも感じていた。

同じ学生寮に入った田川盛夫《たがわもりお》とは、すぐに仲良くなった。クラスも同じだった。

学生寮の休憩室で、田川盛夫が話かけてきた。

「黒本くんは、出身地はどこなのですか」

黒本嘉人は、言った。

「のぼり川村です。田川くんは、出身地はどこですか」

田川盛夫は、言った。

「いがらし村です。お互い田舎《いなか》出身ですね。自宅からじゃ、とても通えないところです」

黒本嘉人は、言った。

「お互い挫折しないようにがんばりましょうよ」

田川盛夫は、言った。

「将来のこととか決めているのですか」

黒本嘉人は、言った。

「父が木工製品の工場をやっていまして、高校を出たら、木工職人、さらには黒本製作所の経営者になろうと思っています」

田川盛夫は、言った。

「いいな。決めているんだ。僕は、まだ何も決めてないよ」

黒本嘉人は、言った。

「何も決めてなくて、成り行きまかせに生きていく人も世の中にいるみたいだね」

田川盛夫は、言った。

「僕は、大学へ行きたいと思っているのだけれど、まだわからない。生き物が好きなんだ。でも、生き物じゃあ生活していけないよ。家は、田舎で農業をやっているんだ」

黒本嘉人は、言った。

「親父《おやじ》さんの農業を継がないのかね」

田川盛夫は、言った。

「農業ってすごく大変なんだ。お天気まかせで安定しない。やなこったさ。とりあえず、今の勉強をやっていくだけさ」

黒本嘉人と田川盛夫は、よく二人で行動するようになった。食事の時とか、休憩の時とか……。

季節は、梅雨《つゆ》入りしていた。

雨が降り始めた。そして、土砂降りの雨になった。雨の日はなぜか憂鬱《ゆううつ》、なぜか感傷的、なぜかロマンス。雨は、音を立てて降っている。窓の外を見ると滝のように降る雨、善則や薫子はどうしているだろうか。

黒本嘉人は、つぶやいた。

「よく降る雨だなあ」

そんな時、部屋をノックする音がした。ドアを開けると、田川盛夫がいた。

田川盛夫は、言った。

「のぼり川村で土砂崩れがあって、七人亡くなったってよ」

黒本嘉人は、びっくりした。

「え、土砂崩れで七人亡くなったって。誰から聞いたの」

田川盛夫は、言った。

「休憩室でテレビを見ていたら、今さっきニュースで言ってたよ」

黒本嘉人は、言った。

「自分の家、大丈夫かな。こりゃ心配になってきた。ありがとう田川くん。実家へ電話してみるよ」

黒本嘉人は、部屋を出て休憩室へ行った。休憩室に電話が二台、備え付けてあった。田川盛夫も一緒に休憩室へやって来て、カップラーメンを作り始めた。二十一時頃だっただろうか。

黒本嘉人は、実家に電話したが電話はつながらない。しかたなしにテレビをつけた。集中豪雨で「のぼり川地区に大雨警報」と速報が出た。黒本嘉人や田川盛夫のいる学生寮のあたりも雨がずいぶん降っているが、水はけがよく大丈夫のようである。

そんな時、田川盛夫はカップラーメンを食べ始めた。

黒本嘉人は、テレビを見続けていた。少し時間が経った。天気予報が出た。のぼり川村の土砂崩れの映像が出たが、自分の家ではないようだ。

田川盛夫は、カップラーメンを食べ終えると言った。

「明日になって、雨がやまなければ何もわからないよ」

黒本嘉人は、言った。

「テレビを見た様子では、自分の家からは少し離れたところみたいだったな。大丈夫だと思う」

黒本嘉人と田川盛夫は、自分の部屋へ戻った。雨は、まだ降っていた。

夜が明けて、学校へ行った。そして、学校がいつものように終わって学生寮へ戻って来ると、学生寮の管理人から話があった。

「黒本さん、家から電話があって、みんな無事だから安心して勉強しなさいと、お母さんからことづけがありましたよ」

黒本嘉人は、言った。

「ありがとう。片岡さん」

学生寮の管理人は、片岡さんと言った。

その後、のぼり川の土砂崩れは、自分の家よりもっと山寄りのほうでおこったことが、テレビニュースでわかった。

土砂崩れで七人が亡くなったのは、黒本嘉人が高校一年の夏のことであった。

そして、黒本嘉人は、順調に深緑高校を卒業した。のぼり川村へ戻ると、父、黒本吉兵衛の木工芸製作所で働き始めた。

第四章

次郎太の高校入学

黒本嘉人《くろもとよしと》が、深緑《ふかみどり》高校を卒業すると同時に黒本次郎太《じろうた》が、深緑高校へ入学した。次男の黒本次郎太は、成績が優秀なので別の高校へも行けたのであるが、兄の嘉人と同じ高校に行きたいと言って、深緑高校に決めたのである。

のぼり川村の土砂崩れの災害から三年が経って、黒本次郎太は、深緑高校の学生寮にいた。

黒本次郎太は自宅を離れて、わくわくした新生活を送っていた。

街路樹は青々とし、すがすがしい風が吹いていた。新しい鞄、ノート、鉛筆。春の木漏《こも》れ日の中を、黒本次郎太は学生寮から通学していた。

同じ学生寮の女の子が、話しかけてきた。

「黒本さん、故郷《ふるさと》はどこですか」

黒本次郎太は、言った。

「僕は、のぼり川村です。君は、故郷はどこですか。そして、名前は何と言いますか」

女の子は、言った。

「私は、辻香里《つじかおり》です。故郷は、人参《にんじん》村です。のぼり川村って知らないわ」

黒本次郎太は、言った。

「僕の名前よく知っていますね」

辻香里は、言った。

「だって制服の胸ポケットのところに、黒本次郎太って刺繍《ししゅう》がついてるから」

黒本次郎太は、言った。

「黒本次郎太と言います。故郷は過疎がすすむ小さな村です。たぶん、地図帳で探さなきゃ、わからないんじゃないかと思います。山の中ですよ。でも僕も、人参村って知らないな」

辻香里は、言った。

「人参村も田舎《いなか》で、地図帳で探さないとわからないかもね。高校生活は慣れましたか」

黒本次郎太は、言った。

「いや、まだ慣れませんよ。なんでも新鮮な感じはしますけれど。僕は、三階の三〇六号室です。何かあったら声をかけてください」

辻香里は、言った。

「私は、二階の二〇八号室です。三階と一階が男子部屋で、女子は二階のようですね。こちらこそ何かあったら声をかけてください」

二人は、学生寮の休憩室を後にして、自分の部屋へ行った。

黒本次郎太は、さっそく地図帳を開いて、人参村をさがした。やっとのことで見つけて、自分の村も田舎だが、彼女も田舎の出身なんだなと思った。

黒本次郎太は、三階の自分の部屋から一階の食堂へ行くときに、二階の辻香里を誘って一緒に夕食を取った。

　一階の食堂で辻香里と夕食を食べながら、黒本次郎太は、言った。

「辻さん、人参村って地図帳でさがしてみたんだけど、やっと見つけたよ。深緑高校より東のほうだね。僕も田舎者だけど、辻さんの故郷も、田舎だね」

　辻香里は、言った。

「あら、見つけました？　人参村を。過疎地帯のど田舎よ。私も、のぼり川村を地図帳でさがしちゃったの。そっちも、田舎ね。深緑高校から見ると北のほうへ行くのね」

　黒本次郎太は、言った。

「そうそう。山の中だよ。時々、ニホンザルが出没するところだよ」

　辻香里は、言った。

「私は、歌謡曲が好きなの。ポップスなんかも時々聞くわ」

　黒本次郎太は、言った。

「ポップス、誰が好きなんですか」

辻香里は、言った。

「特別、この人というのはいないのですけど」

黒本次郎太は、言った。

「僕は、動物が好きなんです。特に、霊長類には興味あるんですよ」

辻香里は、言った。

「何か、動物を飼っていたんですか」

黒本次郎太は、言った。

「何も飼ってはいませんでしたが、小学生の頃、動物園へ行って好きになりました」

辻香里は、言った。

「どこの動物園へ行ったのですか。私も小学生の頃、動物園へ行ったことあるのですけど」

黒本次郎太は、言った。

「東緑動物園です」

辻香里は、言った。

「ああ、あそこね。大きい動物園ね。よかったでしょ？　私も行ったことあるわ」

二人は、とりとめのない話をしながら夕食を取った。

やがて、四月が過ぎた。黒本次郎太は、高校生活に慣れてきた。友達も、辻香里の他に、白鳥洋一《しらとりよういち》ともよく話をした。二人とも学生寮に住んでいた。

七月の初めの頃である。台風が来た。大きく街路樹の枝を揺らし、看板を飛ばした。しかし、学生寮は頑丈にできていて、問題なかった。黒本次郎太は、休憩室でテレビを見ていた。すると、のぼり川氾濫のニュースが出た。のぼり川村は洪水に見舞われていた。濁った水は、黒本製作所の床下まで流れ込んでいた。今まで一度も氾濫したことのないのぼり川が氾濫したのだ。

そう言えば、三年前、兄の嘉人が高校一年の時、のぼり川村で土砂崩れがあって七人亡くなったことがあったっけ。

家族はみんな、大丈夫だろうか。

黒本吉兵衛《きちべえ》、雪《ゆき》、嘉人は、体育館へ避難していた。黒本製作所は、割合高い所にあるため、床下浸水とはなったがなんとか助かった。二日経つと、水が引いた。

黒本次郎太は、電話をした。

「親父《おやじ》、復旧作業の手伝いのために、そっちへ帰ろうか」

黒本吉兵衛は、言った。

「次郎太、家の心配はしなくても大丈夫だ。嘉人と俺でどうにかなる。働いてくれている職人もいるからいい。お前は、勉強に専念しなさい。じゃあがんばれよ」

黒本次郎太は、家には戻らず勉強に専念することにした。

そして、やがて一学期のテストが終わり、夏休みに入った。

黒本次郎太は、のぼり川村へ帰った。のぼり川村へ帰ると、洪水の爪痕があちこちに見られた。災害ゴミが、所どころに置かれていた。みんな、復興に向けて忙しそうに働いていた。

しかし、黒本製作所は、もういつもと変わらないように稼働していた。

黒本吉兵衛は、言った。

「黒本製作所は、大丈夫だよ。そりゃ床下浸水はしたかもしれないが、もう工場はいつもの通りにやっているよ。家のことなら心配しなくてもいい。お前は、大学へ行くことだけを考えて生活しろ」

　黒本次郎太は、五日間自宅にいて、学生寮へ帰ることにした。もう二学期の勉強に備えることにしたのだ。

　黒本雪は、言った。

「次郎太、体に気をつけて。いつものように仕送りするからね」

　黒本次郎太は、言った。

「母さんも、体に気をつけて。僕も、がんばるから」

　のぼり川村から、バスは緑の濃い山道を走っていった。むし暑くも、きらきら光った夏だった。めくるめく光の中で父や兄たちががんばっている。めくるめく光の中をバスは突き進む。何とかして、国立大学へ行かなければいけない。めくるめく光の中で輝いて生きていきたい。黒本次郎太は、バスに揺られながら、闘志を燃やしていた。バスは一時間三十分も走って深緑駅へ着いた。そこから、またバスを乗り換えてやっと深緑高校の学生寮へ着いた。

　そして、高校一年が終わり、さらに高校二年、三年が終わった。

第五章

次郎太の大学生活

そして、黒本次郎太《くろもとじろうた》は、国立の橅《ぶな》の木大学に合格した。友達の辻香里《つじかおり》、白鳥洋一《しらとりよういち》も同じ大学、同じ学部に合格した。三人は、また同じ学校へ行けると思うとうれしかった。

黒本次郎太は、いよいよ大都会へやって来たと思った。そこは、地下鉄が網の目状に走り、人、人、人、で埋めつくされていた。黒本次郎太は、橅の木国立大学学生寮へ住まいを移した。その二日遅れで、辻香里が学生寮へ引っ越してきた。またその二日遅れで白鳥洋一が引っ越してきた。

黒本次郎太は、学生寮の事務所で、白鳥洋一と辻香里の部屋が何号室かを教えてもらっていた。

黒本次郎太は、挨拶をしに辻香里の部屋へ行った。各部屋には、インターホンが付いていた。呼び鈴を押すとすぐ辻香里の声がした。

「どちらさんでしょうか」

「黒本次郎太ですが」

「今、開けます」

ドアが開いて、辻香里が現れた。

黒本次郎太は、言った。

「辻香里さん、引っ越しの雑用は、終わりましたか」

辻香里は、言った。

「ええ、あと、電話を取り付けたいの」

黒本次郎太は、言った。

「僕も、部屋に電話を付けようと思っていたところですよ」

辻香里は、言った。

「白鳥洋一くんはいますかね」

黒本次郎太は、言った。

「まだ見かけないけど。白鳥洋一くんにも声をかけて、三人で夕食を食べに行きませんか」

辻香里は、言った。

「いいわよ」

黒本次郎太は、言った。

「十八時にまた来ます」

黒本次郎太は、今度は、白鳥洋一の部屋へ行って呼び鈴を押した。

「どちらさんでしょうか」

「黒本次郎太ですが」

ドアが開いて、白鳥洋一が現れた。

白鳥洋一は、言った。

「やあ、黒本、早かったな。俺は、昨日来たばかりさ」

黒本次郎太は、言った。

「辻香里さんを誘っているんだけど、僕と、辻香里さんと、白鳥くんと三人で、夕食を食べに行きませんか」

白鳥洋一は、言った。

「ん、いいよ」

黒本次郎太は、言った。

「それじゃあ、十八時頃また来る」

白鳥洋一は、言った。

「どこで食べるんですか」

黒本次郎太は、言った。

「すぐそこのレストランムーンライトでどうでしょう」

白鳥洋一は、言った。

「いいよ。でも、混んでいるかもしれませんよ」

黒本次郎太は、言った。

「すぐ予約を入れます。すぐそこだから。コンビニの前の店」

白鳥洋一は、言った。

「わかった」

黒本次郎太は、言った。

「十八時頃迎えに来るから」

白鳥洋一は、言った。

「ん、いいよ」

黒本次郎太は、すぐレストランムーンライトへ行って予約をした。

そして、十八時に三人は、ムーンライトへ行った。窓際のEテーブルだった。

白鳥洋一は、言った。

「高そうなレストランだな。割り勘にしようぜ」

黒本次郎太が、言った。

「ん、割り勘にしよう。でも、ファミリーレストランだから、そんなに高くはないと思うよ」

白鳥洋一と辻香里は、言った。

「ん、いいよ。何をたのむ？」

黒本次郎太は、言った。

「ミートスパゲティーとチョコレートパフェを」

白鳥洋一は、言った。

「俺も、同じ物でいいよ」

辻香里は、言った。

「私も、同じ物でいいよ」

黒本次郎太がベルを押すと、メイドが来て、ミートスパゲティーとチョコレートパフェを三人分注文した。

白鳥洋一が、言った。

「みんな、何号室ですか。俺は三一八号室」

黒本次郎太が、言った。

「僕は、三〇六号室」

辻香里が、言った。

「私は、二〇三号室だわ」

黒本次郎太が、言った。

「僕、一番聞きたかったことだけど、研究室どこにする？　三人でおなじ研究室へ入ろうよ」

辻香里が、言った。

「私はどこでもいいの。大学をストレートで卒業できれば、いいの」

白鳥洋一が、言った。

「俺もまだ決めてないけど。研究室へ入れるのは、二年生からだって言うから」

黒本次郎太は、言った。

「僕は、霊長類《れいちょうるい》研究室へ入ろうと思っているんだ。高校生の時にも話したけど、猿には興味があるんだ」

白鳥洋一が、言った。

「おいおい、猿回しでもやろうって言う気じゃないのか」

辻香里が、言った。

「猿回し……。え、猿の曲芸師ね」

黒本次郎太が、言った。

「霊長類の研究をやりたいんだ。そして、夢は、大学の先生になりたいんだ」

白鳥洋一が、言った。

「俺も付き合うよ。深緑高校の時からの友達だからな」

辻香里が、言った。

「黒本くんがそう言うのなら、私も霊長類研究室へ入るわ」

黒本次郎太が、言った。

「よかった。それじゃ三人とも同じ霊長類研究室へ入るということで決まりね」

辻香里が、手帳を出してメモを取り始めた。霊長類研究室へ入る、学生寮は、黒本次郎太さんが三〇六号室、白鳥洋一さんが三一八号室。

白鳥洋一も、手帳を出してメモを取った。辻香里さんが二〇三号室、黒本次郎太さんが三〇六号室。

三人は、ミートスパゲティーとチョコレートパフェを食べた。

辻香里は、言った。

「電話が入ったら、電話番号教えてね。私も教えるから」

黒本次郎太と白鳥洋一は、同時に答えた。

「いいよ」

三人は、レストランムーンライトを出て、一緒に学生寮へ戻った。

それから、大学の授業が始まると、必修科目の時は、いつも三人一緒に講義室に行き、並んで席に着いて授業を受けた。

学生寮は個室なので、人に気兼ねなく勉強ができた。朝と昼の食事は学校の食堂で食べ、夕食は自炊だった。近くにコンビニ、スーパーマーケットもあり、問題はなかった。学生寮の事務室へ行って、電話を取り付けてもらった。三人とも自室に電話が入り、番号を教えあった。世の中は、バブル景気に沸いていた。この後に、携帯電話などというものが出現するなど知るよしもなかった。

第一外国語は英語で必修だが、第二外国語は、フラフラ語、ヒポポ語、ロルタンタン語、パペプポ語、ミイ語の中から一科目を選択して履修《りしゅう》することになっていた。選択必修である。

黒本次郎太はロルタンタン語を、辻香里はフラフラ語を、白鳥洋一はヒポポ語を選択した。

黒本次郎太、白鳥洋一、辻香里の深緑《ふかみどり》高校出身の三人は、とても仲が良く、悠悠自適に大学一年の生活を送っていた。やがて、三人は、大学二年になった。

そして、三人とも同じ霊長類研究室へ入った。教授は、村雨孝《むらさめたかし》と言って霊長類の中でもおもにチンパンジーの研究をしていた。

村雨教授は、言った。

「チンパンジーの社会で、リーダーのオス猿は、メスと行動する時むしろ、強いストレスを感じるようです。これは、他のオス猿にメスを奪われないようにと、にらみをきかせるためだからです……」

村雨教授の講義は、さらに続いた。

「チンパンジーは、高い攻撃性をもっていて、残虐な一面もあり……」

村雨教授は、チンパンジーの他にも、いろいろな霊長類の話をしてくれた。

「タイの熱帯雨林などにすんでいる霊長類で、ベニガオザルというのがいます。彼らは、大きな群れで生活をしていて、キスをしたり腕をかんで、スキンシップをはかります。しかし、ケンカがエスカレートすると、その仲裁に、赤ちゃんが入るのです。赤ちゃんの毛の色は白く、平和を守る役割をします」

時には、村雨教授は、言った。

「アフリカのマダガスカルだけにすむ、キツネザルの仲間たち百十一種のうち九割が、絶滅危機にあると、自然保護グループが発表しましたね。どこも人間による森林の破壊によるものです。かと言って人間の生活も、大事なのですけれどね。うまく共存していかなくてはいけません」

黒本次郎太、白鳥洋一、辻香里は、すっかり村雨教授の話に魅了されてしまった。

三人はよく動物園へ行った。大都会には、何でもあった。田舎《いなか》から出てきた三人は、あっちにもこっちにも行きたかったが、お金の許す限りとなった。必要性を考えて行動した。無駄にお金は使いたくない、といったところだった。

三人は、大学三年生になると早くも、卒論を意識していた。卒論を書くのは難しいと、前々から噂《うわさ》を耳にしていたからだ。

黒本次郎太は、言った。

「自分、卒論にテングザルを取り上げようと思っているんだ。あの大きな鼻がおもしろいよね」

辻香里は、言った。

「私は、キツネザルについて書いてみようと思うの」

白鳥洋一は、言った。

「俺は、オランウータンを取り上げてみようと思うんだ」

それから、三人は、動物園へ行くと、それぞれの霊長類の檻に張り込んだ。よく観察しなければと思うばかりにである。三人が合流するのは、行きと昼食の時と、帰る時だけである。

やがて、四年生になってから、動物園のメモと図書館で借りた本やらで、参考資料が随分集まっていた。三人はそれをまとめた。三人とも何とか卒論が通り、その他の科目も取得し、卒業のめどが立った。

黒本次郎太は、大学院へ行くことにした。大学の教員になりたかったのである。

白鳥洋一は、観光会社へ就職が決まった。

辻香里は、市役所へ就職が決まった。

大学の校庭に植えられた、橅《ぶな》の下に置かれたベンチに座って、ぼんやりとしていた黒本次郎太に、辻香里が話しかけた。

「何考えてるの？」

「別に」

「お別れね。ねえ！　私をもらってくれない」

「ええ！　僕でいいの。まだ、大学院での勉強があるよ」

橅の木は、風にさらさらと揺れた。

黒本次郎太は、言った。

「大学の先生になれたら、結婚してもいいよ」

「黒本くん、きっとなれるよ。待っているから」

一月、最後の授業に、三人は出席した。

終わると白鳥洋一が、言った。

「辻香里さん、ちょっと話があるんだけど、レストランムーンライトへ寄って行きませんか」

辻香里は、言った。

「いいわよ」

黒本次郎太は、言った。

「僕も、行ってもいいだろう？」

白鳥洋一は、言った。

「来たっていいよ」

三人は、レストランムーンライトへ行った。

白鳥洋一と辻香里は、コーヒーとケーキを注文した。黒本次郎太は、コーヒーとサンドイッチを注文した。

白鳥洋一は、言った。

「俺、辻香里さんを好きになっちゃった。俺と一緒になってほしいんだ」

辻香里は、言った。

「私は、黒本次郎太さんが好きなの」

白鳥洋一は、言った。

「え、そんな、いつのまに」

黒本次郎太は、言った。

「悪かったな。辻さんは僕と結婚するんだ」

白鳥洋一は、言った。

「そうだったの……」

白鳥洋一は気を落としたが、言った。

「でも、黒本でよかった。辻さんをよその人に取られたくなかった。おめでとう」

黒本次郎太は、言った。

「二人とも、新しいアパートが決まったら住所と電話番号教えてくれ」

白鳥洋一は、言った。

「いつ結婚式挙げるの？」

辻香里が言った。

「まだ、十年くらいしてからよ」

黒本次郎太は、言った。

「二人とも、仕事うまくいくといいな。がんばれよ」

辻香里は、言った。

「黒本さんこそ、早く先生になって」

白鳥洋一は、言った。

「橅の木国立大学とも、いよいよお別れだな」

黒本次郎太は、言った。

「僕は、このあと大学院を卒業して、橅の木国立大学の先生になれればいいな、といったところだよ」

そして、七年が経った。黒本次郎太は、橅の木国立大学の専任講師になっていた。

第六章 ロルタンタン島

黒本次郎太《くろもとじろうた》は、大勢の学生の前で講義を行っていた。

「諸君、テングザルのオスは、鼻が大きいほどもてるのです。これは、肉体的な強さや生殖能力の強さを鼻の大きさで示しています。そのことによってオスは、メスの奪い合いのようなことを避けていると思われます。テングザルたちは、集団生活をし、自分たちの社会を持っているのです……」

また、ある日の講義では、

「テングザルは、主に葉を食べますね。霊長類《れいちょうるい》の中でも、おもに果物を食べるものと、葉を食べるものがいるのですが、果物を食べるサルは鼻が利くが、葉を食べるサルは、鼻はあまり利きません。

テングザルは、鼻が大きいわりに匂いをかぎ分ける能力は低い。……テングザルは、絶滅危惧種に指定されています」

黒本次郎太は、ロルタンタン島へテングザルの調査に行くことにした。

ロルタンタン島は、赤道に近い島だった。島はほとんどが森に覆われていて、その島の所どころに市と村があった。

一番大きいタンキー市には、タンキー空港があり、ホテルなども一通りあった。ガイドの手配もついた。島民はおもに、農業をやっているようであった。

ガイドのカール・クリスチャン・ギゴスは、言った。

「黒本次郎太先生、今、この島では、水力発電所を建設する計画があるのですよ」

黒本次郎太は、言った。

「それは、また、便利になりますね」

カール・クリスチャン・ギゴスは、言った。

「実は、それが、テングザルのすんでいる谷にかかっているのですよ。ポヘポヘ谷はなだらかな谷で、川が流れ、ジャングルになっています。川の周りは湿地帯になっています。そこにテングザルが生息しているのです。今、その谷に水力発電所を建設する計画があるのです。ポヘポヘ谷は、ダムの中に沈んでしまうのですよ。私たちは反対しています」

黒本次郎太は、言った。

「電気が足りないのですか」

カール・クリスチャン・ギゴスは、言った。

「地方の村では、まだ電気は足りていません」

黒本次郎太は、言った。

「国の方針ではいたしかたないですね」

カール・クリスチャン・ギゴスは、言った。

「明日、朝八時にお迎えに来ます。まずは、タンキー動物園へ案内します。テングザルが見られますよ。そして、ホテルへ戻ってロルタン舞踊を見ながら、夕食を取ってもらいます。

あさっては、ロルタンタン遺跡を案内します。ロルタン教の建造物の遺跡や崇拝されている偶像などを見てもらいます」

黒本次郎太は、言った。

「あさっては、何時に出発なのですか」

カール・クリスチャン・ギゴスは、言った。

「同じです。やはり、朝八時に迎えに来ます」

黒本次郎太は、言った。

「ギゴスさん！　ギゴスさん！　カール・クリスチャン・ギゴスさん！　私は、テングザルの生態について詳しく知りたいのですよ。ポヘポヘ谷に入れませんか」

カール・クリスチャン・ギゴスは、言った。

「テングザルたちを脅かしてはいけません。そっとしておいてください」

黒本次郎太は、言った。

「決してテングザルたちを脅かすつもりはありませんが」

カール・クリスチャン・ギゴスは、言った。

「タンキー動物園で見るだけにして欲しいのです」

黒本次郎太は、言った。

「カール・クリスチャン・ギゴスさんは、テングザルの研究をなさっていると聞きますが、どのくらいわかっているのですか」

カール・クリスチャン・ギゴスは、言った。

「あまりわかっていませんよ。今、調査中なのです」

黒本次郎太は、言った。

「私も、その研究のメンバーに加えてください」

カール・クリスチャン・ギゴスは、言った。

「考えておきましょう。今日はゆっくり休んでください。それでは、明朝」

カール・クリスチャン・ギゴスは、部屋を出て行った。

黒本次郎太は、今回は動物園と遺跡を見て、引き上げることにした。これが最初のロルタンタン島への訪問であった。

少し時間があったので、ホテルのロビーの土産物店へ行ってみた。木を使った彫刻品がたくさん売られていた。その中に、原住民の顔をかたどったペン立てがあった。それを買うことにした。辻香里《つじかおり》へのプレゼントだ。あと、家族や友達の白鳥洋一《しらとりよういち》には、海外旅行の土産では定番のチョコレートを買うことにした。

黒本次郎太はホテルの部屋へ戻ると、タンキー動物園の地図を見て、寝た。

明朝、六時に起きて朝食を済ませ、準備をした。

そして、八時にガイドのカール・クリスチャン・ギゴスがやって来た。

カール・クリスチャン・ギゴスは、言った。

「おはようございます。黒本さん」

「おはようございます。ギゴスさん」

二人は、部屋を出てホテルを後にした。

その一時間後には、カール・クリスチャン・ギゴスの自動車で、タンキー動物園に到着した。

黒本次郎太は、日本の動物園とさほど変わらないなと思った。

ここでテングザルを熱心に見た。

すると、カール・クリスチャン・ギゴスは、言った。

「テングザルは、若葉や果実、種、花、樹皮、それにシロアリ塚なども食べます。でも、主食は若葉です」

黒本次郎太は、テングザルの写真を撮り、テングザルをバックに自分の写真もカール・クリスチャン・ギゴスに撮ってもらった。

カール・クリスチャン・ギゴスは、言った。

「テングザルは、くびれた特殊な胃を持っています。反芻《はんすう》行動が確認されています。ようするに一度飲みこんだ食物を再び口中に戻し、よく噛《か》んでからまた飲み込むのです」

黒本次郎太は、言った。

「ほう、牛のようにですか」

カール・クリスチャン・ギゴスは、言った。

「はい、そうです。葉の消化には時間がかかり、休息時間が多いのも特徴です」

黒本次郎太はただうなずき、沈黙していた。テングザルを見つめながら、少し時間が過ぎた。

再びカール・クリスチャン・ギゴスは、言った。

「一日の七〇％以上もの時間、休息していることもあります。一日の平均移動距離は八百メートルほどですが、二百メートルほどしか移動しないこともあります」

黒本次郎太は、またうなずいたが黙っていた。テングザルの様子をうかがっていた。

再びカール・クリスチャン・ギゴスは、言った。

「消化しにくい、葉に多く含まれるセルロースを発酵分解します」

黒本次郎太は、テングザルを見つめていた。

そして、黒本次郎太は、言った。

「ギゴスさん、今日はいろいろありがとうございました」

カール・クリスチャン・ギゴスは、言った。

「水力発電所の建設のためにダムを作る計画があるとお話ししましたが、その計画に、私たちは反対しているのです。もし、黒本さんも反対運動に協力してもらえたら、ポへポへ谷へ川を船でさかのぼりテングザルを見せてあげましょう」

黒本次郎太は、言った。

「いいでしょう。僕も反対運動に加わりましょう。何をすればいいのでしょうか」

「まずはタンキー空港からタンキー市役所まで、プラカードを持ってデモ行進するのです。二百人くらい集まります」

「いつやるのですか」

「三日後です」

「わかりました。帰国を遅らせて参加しましょう」

黒本次郎太は、タンキー動物園での一日が終わり、ホテルへカール・クリスチャン・ギゴスと一緒に戻ってきた。

ホテルのレストランで、夕食を取った。

そしてホテルの一フロアに設置されている舞台で、ロルタン舞踊が披露された。それは、女性数人によるエキゾチックな踊りだった。とても美しかった。

黒本次郎太は、自分の部屋へ戻るとこの日一日の、特にテングザルについてメモをとった。

朝が来た。

カール・クリスチャン・ギゴスは、予定通りに八時にやって来た。カール・クリスチャン・ギゴスは、言った。

「おはようございます。黒本さん」

黒本次郎太は、言った。

「おはようございます。ギゴスさん」

二人は、部屋を出てカール・クリスチャン・ギゴスの自動車で、ロルタンタン遺跡へ行った。

巨大な建造物があった。石を積み重ねて作られた遺跡は、左右が対象になっていて、すばらしかった。

カール・クリスチャン・ギゴスは、言った。

「ロルタン教の寺院の遺跡です。ロルタン教は、今でも島民に信仰されている宗教です。かなり古くからあります」

黒本次郎太は、目の前の巨大な遺跡に、荘厳さを感じた。

カール・クリスチャン・ギゴスの後についてどんどん進んで行くと、屋外にむき出しになった巨大な偶像が出現した。黒本次郎太は、それを見上げた。なんだ、これは。この辺りの人々の守り神なのであろうか。その奇妙な偶像に驚いてしまった。

頭にはとがった角が何本もあり、目はぎょろっと前方をにらんでいた。口は、への字にぐっと結んでいる。大きな耳がついている。衣をまとい、右手に剣を持っている。そして、あぐらをかいて座っている。

黒本次郎太は、あちこち写真を撮った。カール・クリスチャン・ギゴスに、また自分の写真を撮ってもらった。

カール・クリスチャン・ギゴスは、言った。

「今日は、天気が良くてよかったですね。雨だったら大変でしたよ。さあ、昼食にしましょう」

二人は、持って来た弁当を自動車の中で食べた。昼食を食べ終えると、二人は、ホ

テルへ戻った。
ホテルに戻ると町の本屋さんに案内してもらった。黒本次郎太は、テングザルの本を一冊買った。
それから、二日が経った。タンキー空港に大勢の人々が集まった。その中に、黒本次郎太もいた。カール・クリスチャン・ギゴスと黒本次郎太もいた。そして、タンキー市役所までデモ行進をした。水力発電所の建設反対、ダムの建設反対、などと書かれたプラカードを持って歩いた。
沿道には、住民や警官や子ども、多くの人々がいた。人々は賛同しているのか、それとも反対なのか、みんな見て見ぬふりをしている。市役所までのデモ行進は、あっと言う間に終わった。
市役所からカール・クリスチャン・ギゴスの自動車でホテルへ行き、荷物を持って
チェックアウトした。空港までカール・クリスチャン・ギゴスが送ってくれた。
二か月後、カール・クリスチャン・ギゴスが所属するテングザルの研究グループと
一緒にポヘポヘ谷へ行くことを、黒本次郎太は約束していた。
帰国した黒本次郎太は、橅《ぶな》の木国立大学の先生方や事務所に報告に行った。二週間
休講としていた黒本次郎太の授業が再開された。
のぼり川村の実家に手紙と土産のチョコレートを送った。さらに、友達の白鳥洋一
にも手紙とチョコレートを送った。
そして、辻香里には、今、電話をしていた。
「辻香里さんですか。黒本次郎太ですが。久しぶりに会いませんか」
辻香里は、言った。
「会いたいわ。黒本さん」
黒本次郎太は、言った。

「では、いつものレストランムーンライトで、どうでしょうか」

「いいわ。いつにしますか」

「六月十日、夕方十八時に。……どうでしょうか」

「いいですよ」

そして、レストランムーンライトで、二人は再会した。

黒本次郎太が先に着いた。後から、辻香里が来た。

黒本次郎太は、言った。

「久しぶりですね」

辻香里は、言った。

「お会いできてうれしいわ」

「今、橅の木国立大学の専任講師をやっています。少し前にロルタンタン島へ行ってきました。これ、香里さんへプレゼントです。ロルタンタン島の彫刻品です。おそらく鉛筆立てです」

黒本次郎太は、中ぐらいの箱を取り出し、辻香里へ渡した。

辻香里は、言った。

「ありがとう。私は、市役所に変わらず勤めているわ」

「僕と結婚してくれるね」

「いいわよ。深緑高校の時からの付き合いだもの。大学も同じだし、あなたしかいません」

黒本次郎太はステーキとパン、辻香里はオムライスを注文した。

「また、二か月後、八月にロルタンタン島へ行くことになっているんだけど」

「結婚式は来年でいいわ。大学では何を教えているの」

「霊長類学だよ。特にテングザルが専門だよ」

「テングザルは絶滅危惧種に指定されているのよね」

「そうそう、絶滅危惧種。……多いよ、絶滅危惧種」

「私、卒論でキツネザルを取り上げたでしょ。キツネザルも絶滅危惧種よね」

「でも、人間の生活のほうが大切だよ。いい方法はないものかな」

「黒本次郎太先生の手腕を期待しますわ」

「辻香里さん、人参《にんじん》村の両親、まだ僕らのこと知らないよね」

「大丈夫よ」

「僕も、のぼり川村の両親にさっそく報告するつもりです」

「はい、お願い」

二人は、食事を終えると携帯電話でタクシーを呼んで帰宅した。

第七章　嘉人の木工家具製作

黒本嘉人《くろもとよしと》は、深緑《ふかみどり》高校を卒業すると、大学へは行かず、のぼり川村へ戻って、父黒本吉兵衛《きちべえ》の下で木工家具の製作を習った。

黒本吉兵衛は、自分の息子が後を継いでくれるとなるとうれしく、張り切って仕事をしていた。黒本吉兵衛が考案した家具は五十個、設計図は百五十枚あった。当然、完成品の写真のファイルも五十枚におよんだ。全部に番号をつけており、番号で注文がくるのである。

黒本雪《ゆき》は、言った。

「ダイニングテーブルセット五個お願します。積木《つみき》家具店から電話があったわ」

「はいよ。いつまでだ」

黒本雪は、言った。

「十日以内よ」

黒本吉兵衛は、言った。

「嘉人、まず部品を作るんだ。天板にはムク材のセランガンバツを使う。脚板、幕板、補助板にはレッドシダーを使う。詳しくは、谷岡に聞きながら一緒にやれ」
黒本製作所では、四人の従業員が働いていた。黒本嘉人は、先輩職人の谷岡と仕事をした。社長の黒本吉兵衛が、時々のぞいた。
黒本嘉人は、割合器用ですぐ仕事を覚えた。黒本嘉人は、谷岡に教えてもらいながら、慎重に部品を作った。

父黒本吉兵衛からも指導があり、脚部を組み立てた。黒本吉兵衛がサシガネで確認した。

黒本吉兵衛は、言った。

「よし、ぴったりだ」

それから、天板を組んだ。

塗装を専門に担当している宮田が、すぐに塗装をした。もちろん黒本嘉人も手伝った。

材料の調達のほとんどを、黒本吉兵衛が行っており、電話番と経理は黒本雪がやっていた。

学校の勉強は、弟の次郎太《じろうた》に比べればできなかった嘉人だが、木工職人としてはまずまずであった。大きな失敗もなく、毎日が過ぎていった。それはそれは、勤倹力行であった。

黒本雪の景気のいい声が、響いた。

「学習デスク、十台、二十日までに！」

黒本吉兵衛が、応答した。

「よし来た。学習デスクだ」

また、黒本雪の声が、響いた。

「カラーボックス、二十台、三十日までにお願いします。立林家具さんから」

黒本吉兵衛が、応答した。

「よし、わかった」

仕事は忙しかった。

そして、黒本嘉人は、木工家具の製作を三年でできるようになった。

黒本嘉人は、その後、経営について父、黒本吉兵衛から教わった。黒本嘉人は自動車の免許を取得し、簿記もできるようになった。

黒本嘉人は、黒本製作所の副社長になっていた。さらに黒本嘉人はりっぱな木工職人でもあった。父と二人で木工品の製造工場を切り盛りしていた。職人は、黒本吉兵衛と黒本嘉人の他に四人いた。中でも、谷岡、宮田は、すぐれた木工職人だった。仕事は忙しく、残業にならない日はないほどであった。

次男の黒本次郎太は大学院を卒業して、大学の先生になった。

黒本吉兵衛は大喜びだった。そして、母の黒本雪もご機嫌だった。

そんな時、黒本製作所の得意先の積木家具の社長から黒本嘉人に見会いの話がきた。

そして、見会いをするとたちまち相手からもＯＫの返答があった。黒本嘉人は結婚することになった。

相手は、山村郁恵《やまむらいくえ》と言って、積木家具で事務員をやっていた。美人で明るく、経済大学を出ていた。黒本嘉人には、もったいないくらいの人だった。それに郁恵は、趣味はないと言うほど仕事一途《いちず》な、まじめな人だった。

そして、黒本嘉人と山村郁恵は結婚式を十月に挙げることになった。黒本嘉人は、結婚式の招待状を知人に出した。

第八章

次郎太の二回目のロルタンタン島

黒本次郎太《くろもとじろうた》は、兄黒本嘉人《よしと》の結婚式の招待状を「出席」で出した。

さらに黒本次郎太は、黒本吉兵衛《きちべえ》、雪《ゆき》、嘉人に辻香里《つじかおり》のことを話した。もちろん家族は、辻香里との結婚を賛成してくれた。

やがて、八月が来た。黒本次郎太は、二度目のロルタンタン島へ、研究調査に出かけた。

ロルタンタン島のタンキー空港には、カール・クリスチャン・ギゴスが迎えに来ていた。

　黒本次郎太は、カール・クリスチャン・ギゴスと挨拶をかわすと、すぐギゴスの自動車でホテルへ行った。荷物をホテルの部屋へ入れると、ロビーでギゴスと打ち合わせをした。

　カール・クリスチャン・ギゴスは、言った。

「明朝五時に迎えに来ます。メンバーは、私と黒本次郎太さんと、ダニエルさんと、ポヘールさんと、ブルックさんです。まず私の車でロンカ村へ行きます。そこから、船でポヘポヘ川をさかのぼります。ポヘポヘ谷へ入れば、テングザルがいるはずです」

　黒本次郎太は、言った。

「わかりました。私はカメラを持って行きます。できる限り撮影したいと思います」

　カール・クリスチャン・ギゴスは、言った。

「ロンカ村でダニエルさん、ポヘールさん、ブルックさんと合流します。船はポヘールさんのもので、操縦も船長のポヘールさんがやってくれます。テングザルに会えるといいですね」

黒本次郎太は、言った。

「わかりました。お願いします」

そして、カール・クリスチャン・ギゴスは帰っていった。黒本次郎太は夕食を取って、明日に備えた。

黒本次郎太は、出発の三十分前にはホテルのロビーにいた。そして、わくわくした心をおさえながら、カール・クリスチャン・ギゴスを待った。外は良く晴れているようだった。十分ぐらい待つと、カール・クリスチャン・ギゴスがやって来た。

「おはよう、黒本次郎太さん。よく眠れましたか」

カール・クリスチャン・ギゴスは、言った。

黒本次郎太は、言った。

「おはよう、カール・クリスチャン・ギゴスさん。まあまあですね」

カール・クリスチャン・ギゴスは、言った。

「天気は良いようです。それでは、行きましょう」

黒本次郎太は、ホテルのフロントに鍵をあずけ、帰宅時間を伝えて、出発した。カール・クリスチャン・ギゴスの自動車で、一時間ぐらいでロンカ村へ着いた。そこから少し歩いて、たどり着いた民家でダニエル、ポヘール、ブルックと合流した。

そして、五人は、ポヘポヘ川の船着き場へ向かった。

船着き場に着くと、五人はライフジャケットを着て船へ乗り込んだ。準備ができると、船は出発した。

ポヘポヘ川をどんどんさかのぼった。しばらく行くと、川岸の高い木にテングザルを見つけた。船を停止させ、様子を見た。テングザルは、木から木へ移動していった。わずかな間だったが、野生のテングザルを黒本次郎太は見た。やがて、テングザルたちはかなり高い木から川へ飛び込み、対岸へ渡っていった。黒本次郎太は、とっさにカメラを構えた。テングザルが行ってしまうと、ポヘールが、言った。

「今日はこのくらいにして、船着き場へ戻ります」

カール・クリスチャン・ギゴスは、言った。

「そうしよう。野生のテングザルたちを見れてよかった」

船は錨《いかり》を上げて方向を変え、うまく川を下った。船着き場へは、二十分ぐらいで着いた。船を降りると、ポヘールの家へ歩いて戻った。

ポヘールは、言った。

「食事にしましょう」

五人は、それぞれ用意してあった弁当を食べた。それから、テングザルの生態について話し合った。

黒本次郎太は、カール・クリスチャン・ギゴスの運転する自動車でホテルへ戻った。次の日の朝、タンキー空港へカール・クリスチャン・ギゴスの自動車で送ってもらう手はずになっている。

その日、黒本次郎太は、カール・クリスチャン・ギゴスにお礼を言って別れた。ホテルの食堂で、黒本次郎太は夕食を取った。部屋では、テングザルについてメモしてきたノートを読み返し、みんなの話などを書き足して、文章をまとめた。

翌朝、ロビーで待っていると、カール・クリスチャン・ギゴスが現れた。

黒本次郎太は、言った。

「ありがとうございました。カール・クリスチャン・ギゴスさん。野生のテングザルを見れましたよ」

カール・クリスチャン・ギゴスは、言った。

「黒本次郎太さん、ロルタンタン島へまた調査に来たければ、私に連絡ください。それでは、タンキー空港まで送ります」

この日も、天気の良い日だった。名前はわからないが、さまざまな鳥たちがさえずっていた。道路は徐々に混み始めていたが、その中を黒本次郎太は、カール・クリスチャン・ギゴスの自動車で、タンキー空港へ向かった。

空港へ向かって十分ほどのところで、道路の反対側に茶色い自動車が停まっているのが見えた。そして、その横を通過しようとした時だった。その茶色い自動車から弾丸が何発も発射された。

「ウワー……」

黒本次郎太とカール・クリスチャン・ギゴスの乗っている自動車は道路をはずれ、街路樹へ突っ込んだ。さらに弾丸は、発射された。マシンガンのようだった。

すると茶色い自動車は、あっという間に逃走してしまった。

誰が呼んだか知らないが、パトカーと救急車がやって来た。黒本次郎太とカール・クリスチャン・ギゴスは、タンキー国立病院へ運ばれたが、すでに息はなかった。即死だった。

それからしばらくして、大使館から橅《ぶな》の木国立大学へ電話があった。

「黒本次郎太さんが、お亡くなりになったようです。確認にロルタンタン島へ身内の方と行ってもらいたいのです」

「大変だ！　大変だ！　村雨《むらさめ》教授をすぐ呼んでくれ」

「テングザルの調査研究で、ロルタンタン島へ出かけている黒本次郎太先生が亡くなったと、電話があった」

橅の木国立大学は、大騒ぎとなった。村雨教授は、のぼり川村の黒本製作所へ電話をした。

黒本雪が、電話に出た。

「橅の木国立大学の村雨ですが、黒本製作所ですか」

「はい、そうです」

「黒本次郎太先生が、亡くなられたようです。その確認に行って欲しいのですが……。私も行きますから」

「え……」

「ホテルからタンキー空港へ向かう途中、何者かに銃撃されたのです」

「え！　そんな！　カール・クリスチャン・ギゴスさんは、どうなされましたか」

「カール・クリスチャン・ギゴスさんも、亡くなられたようです。できる限り早く現地へ行って、遺体の確認をしたいのです。また連絡しますので準備していてください」

電話は、切れた。

黒本雪は深刻な表情で、黒本吉兵衛へ言った。

「椪の木国立大学の村雨先生から電話で、次郎太が死んだって言うの。本当かしら」

黒本吉兵衛は、言った。

「それは、どういうことなんだ」

黒本雪は、言った。

「ロルタンタン島で、ホテルから空港へ向かう途中、何者かに銃撃されたらしいの」

黒本吉兵衛は、言った。

「まさか、そんなバカな。どうして」

黒本嘉人は、言った。

「仕事は僕にまかせて、すぐ村雨先生と一緒にロルタンタン島へ行くべきだ」

しかし、すぐに動ける村雨教授が、一人でロルタンタン島へ行った。

日本の空港へ、遺体と荷物が届いた。

黒本吉兵衛と黒本雪は、空港で黒本次郎太の亡骸《なきがら》と対面した。

黒本吉兵衛は、言った。

「これは、なんということだ。すぐ犯人を捕まえて、極刑にしなきゃ気がすまん。先生、犯人は、わからないのですか」

村雨教授は、言った。

「ロルタンタン島の警察によると、犯人は、水力発電所推進勢力の人たちによるものだと、言っていました。でも、犯人の特定はできていないそうです。黒本次郎太先生は、カール・クリスチャン・ギゴスさんに誘われて、ポヘポヘ谷の水力発電所建設に反対していましたから。テングザルの生息地を守りたかったのでしょう」

黒本雪は、言った。

「テングザルなんて、どうでもいいじゃないの」

黒本雪の瞳に、涙があふれていた。

黒本吉兵衛は、葬儀屋を頼んだ。空港から霊柩車で遺体を葬儀場である樵の木会館へ運び、葬式の段取りをつけた。

樵の木国立大学のそばにあるアパートに、次郎太は住んでいた。２ＬＤＫのアパートに黒本吉兵衛と黒本雪は、一時寝泊まりをした。葬式が終わるまでは、のぼり川村へ引き上げるわけにはいかなかった。

黒本吉兵衛は、親戚や友人、仕事関係などに片っぱしから連絡した。

のぼり川村の黒本製作所に残っていた黒本嘉人は、言った。

「谷岡さん、宮田さん、みんな聞いてくれ。私の弟の次郎太が亡くなった。明日から、黒本製作所は一週間休業とする」

第九章　嘉人の結婚

それは、蝉時雨《せみしぐれ》の時期だった。

黒本次郎太《じろうた》の葬式が、粛粛《しゅくしゅく》と懇《ねんご》ろに行われた。

黒本吉兵衛《きちべえ》は、言った。

「次郎太は、子どもの頃から勉強ができて、大学院まで行って、大学の先生にもなったっていうのに、こんなに早く死んでしまうなんて。嘉人は大学には行かなかったが、もう家の、黒本製作所の副社長だ。……テングザルを追い過ぎたんだ」

黒本嘉人は、言った。

「お父さん。僕は、勉強ができないのではなくて、できるのです。ただ弟の次郎太が、すごくできただけです。まだまだこれからだというのに残念だ」

黒本雪は、泣きながら言った。

「うちの次郎太を殺した犯人を、早く捕まえてくださいな。ロルタンタン島の水力発電所の建設反対運動なんてやっているから、こんなことになるの。口出しする必要なんてないわ。よその国のことでしょ。次郎太を返して！」

黒本嘉人は、言った。

「弟はすごい勇敢だったのさ。自然保護は大事かもしれないけど、社会の流れにはさからえないのさ。次郎太は、僕の心の中ではまだ生きている。死んだなんて、信じられないよ」

山村郁恵《やまむらいくえ》は、言った。

「黒本嘉人さん。御愁傷様でした。私たちの結婚式は一年延期でいいわ」

辻香里《つじかおり》は、言った。

「黒本次郎太さんて、とてもまじめな人だったわ。私、深緑《ふかみどり》高校、橅《ぶな》の木国立大学と一緒で、結婚の約束もしていました。とても残念です。大学の研究室も一緒だったのよ。もう次郎太さんがいないなんて！」

白鳥洋一《しらとりよういち》は、言った。

「観光会社へ勤めている白鳥洋一です。次郎太さんとは、深緑高校、橅の木国立大学と一緒でした。さらに、大学では研究室も一緒でした。とても残念です」

黒本嘉人の高校時代の友達の田川盛夫《たがわもりお》は、言った。

「黒本嘉人くん、長らく御無沙汰しております。弟さんがお亡くなりになって御愁傷様です。気を落とさず黒本製作所がんばってください」

村雨《むらさめ》教授は、言った。

「黒本次郎太先生は、優秀な先生でした。こんなに早く死んでしまうなんて、とても残念です。まだ、これからだと言うのに」

黒本嘉人は、言った。

「みなさん、来てくれてありがとうございます。弟はとても幸せだったと思います」

どうにか、黒本次郎太の葬式が終わった。

黒本次郎太が亡くなって一年後、喪が明けてすぐだった。黒本嘉人と山村郁恵の結婚式が行われた。弟の次郎太が亡くなった悲しみの中、静かに行われた。

二人の新婚旅行はロルタンタン島であった。旅行会社のツアーだったから、野生のテングザルは見れなかったが、タンキー動物園でテングザルを見ることができた。

黒本次郎太は、どんな思いをしてテングザルを追っていたのだろうか。

第十章　嘉人の夢

のぼり川村の黒本製作所は、いつものように忙しかった。

ある晩、黒本嘉人《くろもとよしと》は夢を見ていた。テングザルの怪獣が出現して民家を襲ったのである。建物よりも巨大なテングザルは、山から現れて町を破壊した。テングザルたちのすみかはもう、少ししか残されていなかったのである。巨大なテングザルは、荒れ狂っていいた。大きな叫び声を上げて、水力発電所を襲った。バリバリバリドカーン、土煙が舞い水力発電所が壊された。そして、ついにテングザルの怪獣はダムを壊し始めた。水が怒涛のごとく流れ出した。川下にある町は、洪水に見舞われた。テングザルの怪獣は、怒り狂っているかのようであった。町の人々はあわてふためいて、逃げまどった。巨大なテングザルの怪獣は、町の人々を追い回し、巨大な足で踏みつけた。町は壊滅的なダメージを受けた。テングザルの怪獣は、大声で叫んだ。恐ろしい巨大なテングザルの叫び声が、山に、川に、町に、響いた。

やがて、その声がだんだん小さくなってきたかと思うと、嘉人はうなされていることに気がついた。はっと目が覚めた。ああ……夢であったか。

怖い夢から覚めた嘉人は明かりをつけ、時計を見た。朝であるが、少し起きるには早い。しかし、起きてしまった。

嘉人は、この日も仏壇に手を合わせた。黒本次郎太《じろうた》はあんなに勉強ができて、大学へ、さらに大学院まで行ったのに、死んでしまうなんて。世の中わからないものだ。

やがて、黒本嘉人とその妻、郁恵《いくえ》との間に赤ちゃんが生まれた。男の子である。名前は、黒本英治《えいじ》と名づけられた。

黒本英治は、健康ですくすくと育った。

やがて、歩きまわり、言葉をしゃべるようになった。

そんな時、床《とこ》の間《ま》に置いてあった木彫りの人形を見て、黒本英治は、言った。

「この木の人形はなに？」

黒本嘉人は、言った。

「ゴリラ、ピグミーマーモセット、ゴールデンライオンタマリン、テングザルだよ。四つとも、霊長類《れいちょうるい》なんだ」

黒本英治は、言った。

「霊長類ってなに？」

黒本郁恵は、言った。

「猿の仲間だよ」

黒本嘉人は、言った。

「ゴリラは、猿の中で一番大きいんだ。ピグミーマーモセットは、とても小さいんだよ」

黒本英治は、言った。

「みんな、おもしろいかっこうしているね。どこにすんでいるの？」

黒本郁恵は、言った。

「ゴリラはアフリカ、ピグミーマーモセットは南アメリカ、ゴールデンライオンタマリンも南アメリカ、テングザルは東南アジアだよ」

黒本嘉人は、言った。

「この木彫りの猿は、みんなおじいちゃんが作ったんだよ」

そう、黒本吉兵衛《きちべえ》は、時々、四体の猿の木彫りを見ては涙ぐんでいた。昔を思い出していたのだ。黒本吉兵衛に二人の子どもがいた時のことを。

第十一章

黒本製作所の移転

黒本次郎太《くろもとじろうた》の七回忌の法事が、大霊猿寺《だいれいえんじ》で行われた。のぼり川村にあるたった一つの寺である。のぼり川村の森に、ニホンザルが生息していることから「猿」の文字が入れられているようである。大霊猿寺では、ニホンザルは神聖な生き物とされていた。しかし、たまに人家に現れ、人を襲って大怪我をさせたり、作物を食べ荒らしたりするのは、昔からのことである。村では対策をほどこしていて、何頭かは捕獲されてしまう。

黒本嘉人《よしと》は、言った。

「次郎太を銃撃した犯人は、捕まらないのでしょうか」

黒本吉兵衛《きちべえ》は、言った。

「捕まらないらしいよ。何も連絡がないところをみると諦めたほうがいいよ。これも運だ。しかたがない」

黒本雪《ゆき》は、言った。

「事故みたいなものね」

黒本嘉人は、言った。

「どうも腹が立つ」

大霊猿寺のお坊さんは、言った。

「次郎太さんは、猿の研究をしていましたから猿の仏さんになられたのです。猿たちに神聖なお迎えを受けられていますよ」

黒本嘉人は、言った。

「自然を壊してはいけないんだよ。でも人間の生活も大事だから、動物たちとうまく共存できたらいいよね」

法要が終わり、お墓参りが終わり、会食も終わり、次郎太の七回忌が終わった。

だんだんと黒本製作所の景気が落ちてきた。

黒本雪は、言った。

「最近ひまだわ。あまり注文がこないわ」

黒本吉兵衛は、言った。

「最近、もうかっていないんだ。そこで考えたんだが、工場を移転させようと思うんだ。はじめは、良質の檜《ひのき》が採れ、林業がさかんなのぼり川村が立地条件によいと思って、ここに黒本製作所を建てた。しかし、今は原材料のほとんどが輸入品なんだ。輸入材料がすぐ手に入る港のそばがいい。港のそばへ工場を移転したい。どう思うかね。雪、嘉人」

黒本雪は、言った。

「いい考えね。移転しましょうよ」

黒本嘉人は、言った。

「僕も同感。ここにいるより、原材料のほとんどが手に入る港のそばの町がいい。移転に賛成」

黒本吉兵衛は、言った。

「それで費用のほうだけど、もうかっていた時の貯金が銀行にある。もし足りなかったら、銀行から借りればいい。うちは借金はないから、貸してもらえるはずだ」

黒本嘉人は、言った。

「いや、借金はしないほうがいい。貯めてあるお金の範囲内で工場を建てましょうよ。例え、今の工場よりも小さい工場になってしまおうと、最近はもうかっていないのだから、無理をしないほうがよいのではないでしょうか」

黒本雪は、言った。

「この工場の跡地は、当然売るわよね」

黒本吉兵衛は、言った。

「もちろん売るよ。でも、過疎地帯の土地だ。あまり高くは売れないよ。やはり、堅い方法をとって借金はしないようにやろう」

黒本嘉人は、言った。

「ん、それがいいよ。今、使っている機械は、全部もって行こう」

それから、黒本製作所は、玉葱浜市《たまねぎはま》に移転した。

新しい工場、そして事務室、前の黒本製作所より多少小さくなったが、新しい黒本製作所は、新築の香りがして、すがすがしく感じた。のぼり川村にあった時に使っていた機械は全部運び込んだ。原材料が安く速く入荷できるようになった。

そして、再び注文が入り始めた。今まで取り引きのない新しい家具店の注文も入ってきた。黒本製作所の経営状態は、順調になった。

黒本吉兵衛は、言った。

「移転してよかった。大成功だ」

黒本製作所は、持ち直した。

黒本嘉人は、言った。

「英治《えいじ》に動物園を見せてやりたい」

黒本郁恵《いくえ》は、言った。

「そうよね。私たちどこにも遊びに行ってないわね」

黒本吉兵衛は、言った。

「動物園は、だめだ」

黒本雪も、言った。

「私も、動物園には行かないほうがいいと思うわ」

黒本吉兵衛は、言った。

「次郎太の二の舞になったら、大変だ」

黒本嘉人は、言った。

「子どもの教育のために、たまにはどこかへ連れて行ってやりたいんだ。そりゃあ、お父さんは、テングザルにのめり込んで亡くなった次郎太を思い出して、動物園には行かせたくないと言うかもしれないが、人によりけりだよ」

黒本郁恵は、言った。

「それじゃあ、水族館はどう?」

黒本雪は、言った。

「水族館ならいいかもしれないわ」

黒本嘉人は、言った。

「それじゃあ、水族館にしよう。英治はもう小学生なんだ。どこにも行ったことないんじゃつまらないだろう」

黒本吉兵衛は、言った。

「水族館なら、いいよ」

黒本英治は、言った。

「ぼく、動物園も、水族館も、どっちも行きたいな」

黒本嘉人は、言った。

「吉兵衛じいちゃんは、お父さんの弟の次郎太の思い出が忘れられないんだ。英治、動物園は、今回は諦めよう」

黒本英治は、言った。

「それじゃあ、水族館でいいよ」

そして、玉葱浜マリンパークへ行くことになった。

玉葱浜駅へタクシー二台で行った。黒本嘉人、郁恵、英治で一台、黒本吉兵衛、雪で一台に乗った。それから玉葱浜駅から、玉葱浜マリンパーク行きのバスに乗った。玉葱浜市の町はずれに、玉葱浜マリンパークはあった。

入口を入ると大きな水槽があって、さっそく大きなエイが出迎えた。

黒本英治は大喜びで、目を丸くして見入っていた。さらに、次の水槽には、サメが、ノコギリザメが、泳ぎ回っていた。さらに、鰯《いわし》の大群の入っている水槽、タツノオトシゴの入っている水槽、タカアシガニの入っている水槽、次々と見て回った。

そして、極めつきは水母《くらげ》である。黒本英治は、そこで何分も見入っていた。ミズクラゲ、カツオノエボシ、越前クラゲ、英治は水母《くらげ》が気に入ったようである。

その時、黒本雪の瞳に涙があふれた。ここに次郎太がいたら、次郎太がいたら……。どうして次郎太はいなくなったの。

黒本吉兵衛は、言った。

「雪、どうしたんだ」

黒本雪は、言った。

「次郎太が生きていて、辻香里《つじかおり》さんと結婚していたら、英治ぐらいの子がいただろうに。どうして、どうして、死んでしまったのよ。残念だわ」

黒本吉兵衛は、言った。

「もう、次郎太のことは忘れようよ。嘉人や郁恵さんがいる。そして、英治もいる。次郎太は、猿の神様になったんだ」

黒本吉兵衛も、泣きそうな顔で黒本雪を見た。

黒本英治は、無邪気にはしゃぎ回った。

「ワアー、スゴイ、オモシロイ！」

黒本嘉人は、言った。

「これこれ、あまりはしゃぐんじゃないよ。カツオノエボシって、これには毒があるんだ」

黒本英治は、言った。

「ヘエー。スゴイ」

黒本雪は、涙をハンカチで拭いた。英治がはしゃぐと悲しみが込み上げてくるようだった。

黒本雪は、つぶやいた。

「次郎太、次郎太、次郎太」

黒本吉兵衛は、言った。

「雪、しっかりしなさい。次郎太なら、私たちの心の中で永遠に生きているよ。きっとテングザルにえさをやっているよ。きっとテングザルの写真を撮っているよ。きっと、大きな、大きな大学の講義室で、講義をやっているさ。得意になって、テングザルの話をしゃべっているさ……。もう俺らには、英治がいるんだ」

黒本雪は、つぶやいた。

「きっと、次郎太は、悲しみの谷にいるのね。そうよ。悲しみの谷にいるのよ」

黒本吉兵衛の瞳にも、涙がにじんできた。

黒本吉兵衛も、つぶやいた。

「悲しみの谷……」

黒本嘉人は、言った。

「英治、越前クラゲは大きいね」

黒本英治は、言った。

「わあ。本当だ。大きい」

黒本吉兵衛は、言った。

「雪。次郎太は、悲しみの谷の、ものすごく奥深い緑の中にいるのさ。そうさ、私たちの、奥深い、奥深い、悲しみの谷にいるのさ。次郎太……」

黒本嘉人は、言った。

「母さんも、父さんも、泣かないでよ。英治が不思議がるよ」

黒本雪は、ハンカチで涙を拭いて言った。

「へえー、こんなのが海にいるのかね。英治、海って広いんだね」

黒本郁恵が、言った。

「お母さん、お父さん、ごめんなさい。英治、あまり大きい声を出さないように。そのお客さんもいるんだから」

黒本英治は、言った。

「はーい」

水族館を一通り見終わると、もう三時近くになっていた。

黒本郁恵が、言った。

「お昼、食べそこなったね。どうする？」

黒本英治は、言った。

「ぼく、お昼、もういいよ」

黒本英治は、すっかり海の生物に夢中になってしまったようだ。

黒本嘉人は、言った。

「おばあちゃん、お昼、遅くなっちゃったけどどうする？」

黒本雪は、言った。

「私はもうお昼はいらないわ」

黒本吉兵衛は、言った。

「俺も、昼飯はもういらないよ」

黒本嘉人は、言った。

「それじゃ、昼飯は無しと言うことでいいかね。郁恵」

黒本郁恵は、言った。

「いいわ。あと、土産物を見て、水族館を出てからレストランに寄りましょうよ。夕食を早くすればいいよ」

黒本嘉人は、言った。

「じゃあそうしよう。おじいちゃんたちもそれでいいね」

黒本吉兵衛は、言った。

「ああ、それでいいよ」

土産物売り場へ行くと、海の生物の図鑑とイルカのぬいぐるみを買った。

第十二章　のぼり川村の消滅

黒本《くろもと》製作所の経営状態は、のぼり川村から移転しようかと言い出した頃に比べれば、すこぶるよくなった。のぼり川村に工場を建てた頃に戻ったようだ。

ただ、次郎太を亡くした思い出が、時たま影を落とすだけだった。

ついに、黒本嘉人《よしと》が社長になった。黒本吉兵衛《きちべえ》、黒本雪《ゆき》は、隠居生活に入って相談役となり、たまに手伝っていた。

事務は、黒本郁恵《いくえ》が全部担当していた。新入社員を四人とり、ベテランの谷岡、宮田が指導した。

古くからの取り引き先の積木《つみき》家具からは、いまだによく注文がくる。黒本郁恵が若い頃勤めていた会社ということもあって主要取り引き先になっていた。

黒本郁恵は、言った。

「谷岡さん、積木家具さんからダイニングテーブルセット十個、注文入ったわ」

谷岡は、言った。

「はい。商品番号は何番?」

黒本郁恵は、言った。

「商品番号は、十六番よ」

英治《えいじ》の相手はほとんど、おばあちゃんの黒本雪がしていた。

黒本英治は、言った。

「おばあちゃん、今度、遊園地へ遊びに連れて行ってよ。友達は遊園地へ行ってきたって言っているよ」

黒本雪は、言った。

「お母さんに、言いなさい」

黒本郁恵は、言った。

「遊園地なんて、この間玉葱浜《たまねぎはま》マリンパークへ行ったばかりでしょ」

黒本吉兵衛は、言った。

「来年、玉葱浜遊園地へ行くということでどう？」

黒本郁恵は、言った。

「おじいちゃんがそう言うのなら、来年行くことにするわ」

ある日のことだった。のぼり川村にいたときの隣人から、電話がかかってきた。

「私、森川ですが……。のぼり川村で隣に住んでいた森川ですが、黒本さんですか」

黒本郁恵は、言った。

「はい、黒本製作所です。森川さんですね。社長とかわります」

黒本嘉人は、言った。

「森川さん。久しぶりです」

森川は、言った。

「のぼり川村がダムの中へ沈むことになりました。水力発電所ができるのです。黒本さん、いい時に引っ越しされましたね。のぼり川村はなくなるのです」

黒本嘉人は、言った。

「え！　本当ですか」

森川は、言った。

「このことはぜひ黒本さんに知らせておきたくて、電話しました。のぼり川村はなくなるのです」

黒本嘉人は、言った。

「大霊猿寺《だいれいえんじ》はどうなるのですか」

森川は、言った。

「大霊猿寺は、北側の隣の村へ引っ越すそうですよ」

黒本嘉人は、言った。

「大霊猿寺には、次郎太《じろうた》の墓があるんですよ」

森川は、言った。

「あ、そうだったのですか。次郎太さん、早くに亡くなられたから、残念でした。私たちももうすぐ引っ越すものですから。本当にお別れになります。さようなら」

黒本嘉人は、言った。

「連絡ありがとうございます。それでは、お元気でいてください」

黒本嘉人は、みんなに言った。

「みんな、聞いてくれ。のぼり川村がなくなるってよ。水力発電所ができるため、ダムの中に沈むんだって。世の中、どんどん変わっていくな」

黒本吉兵衛が、言った。

「本当か、へえー」

黒本雪が、言った。

「それは大変よ。次郎太のお墓はどうなるの」

黒本嘉人は、言った。

「大霊猿寺は、北側の隣の村へ引っ越すらしいよ。みんな国から立ち退き料がでるらしい」

谷岡が、言った。

「それじゃもう少し我慢してのぼり川村にいれば、うちの会社も立ち退き料としてお金がもらえたかもしれないですね」

黒本吉兵衛は、言った。

「そう言うもんじゃないさ。うちは、もういっぱいいっぱいだったさ。少しでも早く移転してこなければ、やっていけなかったよ」

谷岡は、言った。

「そんなもんかな」

黒本雪が、言った。

「大霊猿寺へ電話してみるわ」

大霊猿寺の住職は、言った。

「大丈夫ですよ。ちゃんと移転の手紙、地図を送りますよ」

しばらくして、大霊猿寺から手紙と地図が送られてきた。北のぼり川村へ移転したようだ。

やがて秋の彼岸《ひがん》に、黒本吉兵衛と雪はお墓参りに、北のぼり川村へ行った。そこには、広い墓地があり、椛《もみじ》の木が所どころに植えられていた。まだ紅葉はしてない。黒本嘉人と郁恵は、仕事が忙しくて行けなかった。

そして年が明け、黒本嘉人、郁恵は、勤倹力行の日々が続いた。黒本英治も、学校の勉強に励んでいた。

やがて、夏休みがやって来た。

黒本一家は、英治との約束通りに玉葱浜遊園地へ行った。

黒本吉兵衛と雪は、あどけない英治を見ていると亡くなった次郎太を思い出すらしい。

黒本雪は、言った。

「次郎太が生きていたらやはり英治ぐらいの子がいて、笑顔でジェットコースター乗ろうよとかメリーゴーランド乗ろうとか、言っていますよ。次郎太の面影が消えないわ」

黒本吉兵衛は、言った。

「次郎太は遠い国にいるんだ。遠い国で、猿の研究をしているんだ」

黒本英治は、言った。

「ぼく、メリーゴーランドとジェットコースターと観覧車に乗りたい」

黒本嘉人は、言った。

「いいよ。それじゃあみんなで乗ろうか」

みんなでメリーゴーランド、ジェットコースター、観覧車に乗った。

黒本英治は、言った。

「ジェットコースターこわかった。心臓にこれは悪い。おじいちゃん、おばあちゃん、どうだった?」

黒本吉兵衛は、言った。

「そうだね。こわかったね。次郎太のことも頭からすっとんじゃったよ」

黒本雪は、言った。

「こわかった、こわかった。おじいちゃんと同じだよ」

黒本英治は、言った。

「次郎太おじさんのこと、まだ考えていたの」

黒本雪は、言った。

「英治、お前は亡くなった次郎太に似ている」

黒本吉兵衛が、言った。

「英治、お前はやはり次郎太に似ているよ」

黒本郁恵は、言った。

「お父さん、お母さん、もう次郎太さんのことは忘れてください。英治は、次郎太さんではありません」

黒本嘉人は、言った。

「それじゃ、もう一回ジェットコースターに乗るかね。そうすれば、次郎太のことは今度こそ頭からすっとんじまうさ」

黒本英治は、言った。

「ええ？　また、ジェットコースター乗るの。今度はお化け屋敷に入りたい」

黒本吉兵衛は、言った。

「ジェットコースターは、もういいよ。お化け屋敷へ行こう」

黒本郁恵は、言った。

「じゃあ、お化け屋敷へ行こうか」

五人は、お化け屋敷に入った。

黒本英治は、言った。

「ああ、こわかった」

黒本雪は、言った。

「そうだね。こわかったね」

黒本吉兵衛は、言った。

「一つ目小僧やろくろ首、河童《かっぱ》、唐傘のお化けなどは、こわくはないさ。むしろおもしろい。しかし、平家の落ち武者で矢がささったりして血だらけになっている人の亡霊、関ヶ原の合戦で血だらけになっている人の亡霊、太平洋戦争の亡霊はこわいね」

黒本嘉人は、言った。

「戦争はこわいに決まっているよ」

黒本郁恵は、言った。

「ああ、こわい、こわい」

帰りのバスの中では誰も何もしゃべらなかった。疲れてしまったようだ。

第十三章　黒本吉兵衛の最期《さいご》

田川盛夫《たがわもりお》から電話がかかってきた。

「田川盛夫ですが、黒本嘉人《くろもとよしと》くんですか」

黒本嘉人は、言った。

「はい、黒本嘉人です」

田川盛夫は、言った。

「今度、深緑《ふかみどり》高校の同窓会があるのですけれど、出席できますか。黒本くんが出席するのなら、僕も出席しようと思っているのです」

黒本嘉人は、言った。

「はい、深緑高校の同窓会ね。案内が来ているよ。出席する予定だよ。弟の次郎太《じろうた》の葬式には来ていただいてありがとう」

田川盛夫は、言った。

「どういたしまして。それでは、同窓会で会いましょう」

それから、レモン・オレンジホテルの鶴《つる》の間で同窓会が行われた。

黒本嘉人は、言った。

「田川くん、今、何をやっているのですか」

田川盛夫は、言った。

「深緑高校を卒業してから、商科大学へ行き、卒業してから自動車メーカーに勤めています。自動車会社の営業です」

黒本嘉人は、言った。

「出身はいがらし村だと思ったのですが、実家の農業はどうしましたか」

田川盛夫は、言った。

「父ができるだけやって終わりです。のぼり川ダムというのが、できたそうですね」

黒本嘉人は、はにかみながら言った。

「できました。大きなダムですよ」

田川盛夫は、言った。

「玉葱浜市《たまねぎはま》、どうですか」

黒本嘉人は、言った。

「やはり、都会は便利でいいですよ。田川くんは、今どこにいるのですか」

田川盛夫は、言った
「深緑市ですよ」

黒本嘉人は、言った。

「深緑市ならまあまあですよ」

田川盛夫は、言った。

「世の中、なるようにしかなりません。平和であれば良いのです」

黒本嘉人は、言った。

「私もそう思います。私が生きている間に戦争がないことを祈ってますよ」

田川盛夫は、言った。

「いや、永遠にだよ。永遠に平和であってほしいよ」

黒本嘉人は、言った。

「永遠にですかね。そうあればいいのですけれどね。世界的に見たら、今でも争っているところがあるかもしれませんよ」

同窓会の宴もたけなわとなって、酒がまわってきた。

田川盛夫は、よっぱらいながら言った。

「黒本製作所、社長さん！　社長さんがんばれ！」

黒本嘉人は、言った。

「黒本製作所は、小さな町工場ですよ」

田川盛夫は、言った。

「僕など、大きい自動車会社でもさんざんこき使われていますよ。社長さんとは、大したもんだ」

黒本嘉人は、言った。

「独立して、商売始めりゃいいんじゃ」

田川盛夫は、言った。

「僕が商売始めたら、すぐ倒産ですよ。自分で、自分の能力がわかってますから。社長さん！　黒本社長さんがんばれ！」

黒本嘉人は、言った。

「田川盛夫くんもがんばって生きていきましょうよ。売り上げが上がりますように。商科大学を出ているんでしょ。僕など高卒ですよ。がんばれ、田川！」

やがて夜も更けてきて、同窓会が終わった。

ある日、辻香里《つじかおり》から電話がかかってきた。

「黒本製作所ですか。辻香里ですが、黒本嘉人さんいらっしゃいますか」

黒本郁恵は、言った。

「はいそうですが。今かわります」

黒本嘉人は、言った。

「電話かわりました」

辻香里は、言った。

「亡くなった弟さんの次郎太さんの友達だった辻香里です。次郎太さんのお墓参りがしたくて電話しました。次郎太さんのお墓がどこにあるのか、教えてもらえませんか」

黒本嘉人は、言った。

「次郎太と結婚の約束をしていた方ですね。次郎太の葬式には来ていただいてありがとうございました」

辻香里は、言った。

「私、実は、同級生の白鳥洋一《しらとりよういち》くんと結婚しました。ですから本当はもう辻《つじ》ではなくて、白鳥香里と言います。一度、白鳥洋一と一緒に黒本次郎太さんのお墓参りがしたいと思っているのですよ」

黒本嘉人は、言った。

「わかりました。それではメモをしてください。北のぼり川村の大霊猿寺《だいれいえんじ》墓地の三列目のまんなか辺りです。……弟が生前、お世話になりました」

白鳥香里は、言った。

「こちらこそ、次郎太さんにはお世話になりました。お兄さん、ありがとうございました」

電話は切れた。

しばらく、黒本嘉人はぼんやりと空中を見つめていた。黒本嘉人は思った。弟よ、どうして死んでしまったのだ。結婚を約束していた彼女がいたんじゃないか。見ろ。白鳥くんに彼女を取られてしまった。本当は次郎太と結婚するはずだった人じゃないか。次郎太、次郎太。

しばらくして、大霊猿寺墓地に白鳥洋一と白鳥香里がやって来た。そして、二人は、黒本次郎太の墓へ線香をたむけ、若い頃の思い出を心の奥へしまい込んだ。

そして、黒本嘉人は思った。近頃、父、黒本吉兵衛《きちべえ》が、ばかに優しくなってしまったことだ。あの職人気質の頑固者だった父が、英治《えいじ》が遊園地へ行きたいと言い出せば、すぐ連れていってやると承諾してしまう。英治を甘やかしぱなしだ。どういうことなのだろうか。次郎太が亡くなって、勉強などできてもできなくてもどうでもよくなってしまったのだろうか。

ある日、黒本吉兵衛が倒れた。嘉人は救急車を呼んだ。それから、黒本吉兵衛の入院生活が始まった。

昔、緑の濃い、のぼり川村に黒本製作所があった。その村には、時々ニホンザルが現れた。もうその村はない。

黒本嘉人、黒本郁恵、黒本英治、黒本雪に見守られて、黒本吉兵衛は、永眠した。

あとがき

悲しみの谷を読んでいただきありがとうございました。若い頃は、童話作家をめざしていましたが、うまく書けず、何の文章のジャンルでも幅広い意味にとれる、小説ということで書いています。

悲しみの谷のテーマは、自然保護です。ジャングルの面積がどんどん減り、動物たちのすみかがなくなって来ていると言います。人間の生活が大切だと思いますが、何か影響があるのではないでしょうか。

順調に育った次郎太が、命を落としてしまいます。

テングザルと言えば、東南アジアのボルネオ島にしか生息していません。

この物語は全部私のつくりあげた事件、架空の地名、架空の名称です。

海外では、日本と時差がありますから、何時が朝とかもわかりません。日本と同じ時間になってしまいました。気にしないでください。

世の中、仕事、仕事、仕事で、仕事においまくられ、しかも世知辛い社会だと思います。長い小説を読むには時間がないと言う人に、短編小説として書いています。この長さなら半日で読めるでしょう。ちょっとした息抜きになるといいと思います。

そして、命に気を付けて思いっきり生きてください。次郎太の死に感動してくださ い。熱い涙を流してください。心が温かくなりませんか。世の中なるようにしかならないのかもしれません。

熱い涙で感動し泣いてください。そのうちきっといいことがあると思います。

終わりに、創英社／三省堂書店のみなさん、イラストレーターの児玉やすつぐさん、どうもありがとうございました。

【著者プロフィール】

大塚 静正（おおつか しずまさ）

昭和32年3月2日静岡県沼津市生まれ。

昭和38年中央幼稚園卒園。

昭和44年沼津市立第一小学校卒業。

昭和47年沼津市立第一中学校卒業。

昭和50年日本大学三島高等学校普通科卒業。

昭和54年日本大学農獣医学部食品経済学科（現在の生物資源科学部食品ビジネス学科）卒業、大学時代、産業社会学研究室所属。

大塚商店（自動車解体業）に約1年、ヌマヅベーカリーに10年3ヶ月、大昭和紙工産業に26年9ヶ月勤務。

2017年3月21日定年退職（60歳）。

2018年1月5日（60歳10ヶ月）『愛の湖　大塚静正ものがたり短編集』（創英社／三省堂書店）でデビュー。

2019年1月8日『クッキとシルバーキング』（創英社／三省堂書店）発行。

参考文献

『世界で一番美しいサルの図鑑』京都大学霊長類研究所　エクスナレッジ（2017年）

悲しみの谷

2020年 7月11日　初版発行

著　者　　　大塚 静正
発行・発売　創英社／三省堂書店
　　　　　　〒101-0051 東京都千代田区神田神保町1-1
　　　　　　Tel 03-3291-2295　Fax 03-3292-7687
印刷・製本　シナノ書籍印刷

ISBN 978-4-86659-123-0　C0093